à la maison

8 récits illustrés par marcel marlier

http://www.casterman.com

ISBN 2-203-10719-4

martine

à la maison

GILBERT DELAHAYE - MARCEL MARLIER

La maman de Martine est sortie.

Comme le temps paraît long !

Les poupées s'ennuient. Patapouf s'est endormi dans son panier. Même les moineaux, dans la cour, ont l'air tristes quand maman n'est pas là.

– Qu'allons-nous faire ? demande Jean, accoudé à la fenêtre.

– Eh bien, nous allons faire une surprise à maman, dit Martine.

– Tu as raison. Nettoyons la maison.

Jean recule les chaises dans un coin. Martine met l'aspirateur en marche.

– En voilà du bruit ! fait une poupée en ouvrant ses yeux de porcelaine.

– Que se passe-t-il ? demande le canari.

– C'est Martine qui fait le ménage, répond Patapouf, engourdi de sommeil.

Maintenant, Martine frotte le carrelage de la cuisine. Jean porte les seaux, les balais et les brosses. Il y a de l'eau partout.

Patapouf marche dans le savon.

– Tu vas tout salir ! dit Martine. Assieds-toi sur le tabouret.

Patapouf n'aime pas rester en place quand tout le monde se dépêche.

Ici, c'est la salle de jeu.

En voilà du désordre ! Freddy, l'ours en peluche, s'est endormi sur le cheval de bois. Commère, la marionnette, est assise à la fenêtre du guignol et les poupées s'amusent comme des folles au mariage de la girafe.

Mettons tout cela bien en place.

– Tiens, Patapouf a trouvé quelque chose…

C'est le petit canard qui sort de la boîte à surprise.

– Coucou, Patapouf !

– Et maintenant ? demande Jean à Martine.

– Maintenant, nous allons faire la lessive.

Avec la lessiveuse de maman, c'est l'affaire de quelques minutes.

– Mettons à sécher le linge dans le jardin. Voici des pinces à linge pour l'attacher.

Il y a du vent. Cela n'est pas facile !

– Ritchi, ritchi, cui.

– Voilà du millet pour le canari. Et de l'eau fraîche dans la fontaine.

– Il ne faut pas qu'il s'ennuie… Donne-moi la cage ; nous allons la mettre au soleil, dans la cour.

Justement, il y a un clou à la fenêtre.

– Comme il sera bien ici, notre canari !

– Ritchi, ritchi, cui.

– Veux-tu cirer les chaussures avec moi ?

– Je veux bien, dit Jean. Donne-moi la boîte à cirage et les brosses.

– Prends les bottes de papa. Moi, je vais frotter les chaussures de maman.

Jean a du cirage sur le front. Patapouf a mis les bottillons de Martine.

N'est-ce pas qu'ils sont drôles tous les deux ?

L'eau est chaude pour la vaisselle.

– Je vais laver les assiettes.

– Et moi, je les essuierai.

Avec un peu de savon, cela ira beaucoup mieux.

Il y a un oiseau bleu dans l'assiette en porcelaine.

Dans celle-ci, on voit une bergère qui court après son mouton. C'est amusant de faire la vaisselle.

On sonne. C'est le laitier. On entend sa grosse voix qui résonne jusqu'au fond du couloir.

– Maman n'est pas là ?

– Non, c'est moi qui la remplace, répond Martine.

– Que faut-il aujourd'hui ?

– Je voudrais des œufs bien frais, un litre de lait et une livre de beurre.

Voilà du bon lait pour les chatons.

Il y en a trois dans la maison de Martine : Poussy, Minette et Raton. Poussy est le plus gros, Minette le plus sage, Raton le plus drôle.

Mais tous les trois sont aussi gourmands.

Ils ont des yeux verts, une langue rose et de petites moustaches qui trempent dans le lait.

Ils sont mignons, les chatons.

Avant de partir, maman a dit à Martine :

– Surtout, n'oublie pas de leur donner à boire.

Il pleut. Rentrons le linge de maman : les tabliers, les torchons, les mouchoirs et les robes des poupées.

Le panier est rempli.

À deux, il sera moins lourd à porter.

– Où est Patapouf ?

Il est allé chercher le journal que papa a oublié sur le banc du jardin.

– Bravo, Patapouf !

Si l'on préparait le dîner ?

Jean est occupé à lire le livre de cuisine.

Martine a sorti les casseroles du buffet. Il ne manque rien : la râpe à légumes, le fouet pour battre les œufs en neige, le moulin à café électrique.

– Il se prépare quelque chose de bon, dit Patapouf en s'approchant de la table.

Le potage est prêt. Martine est occupée à le goûter.

– Tiens, il manque un peu de sel !…

Sur la cuisinière à gaz, la casserole à pression se met à chanter.

Sentez-vous la bonne odeur de sauce qui emplit la maison quand Martine ouvre la porte du four ?

Pourvu que Martine ne laisse pas brûler la viande ! Ce serait bien dommage !

C'est maman qui serait fâchée !

Martine a remis les tiroirs en place dans l'armoire suspendue : le jaune pour le sucre, le rouge pour le sel, le blanc pour la farine.

Le dîner est prêt.

Il ne reste plus qu'à dresser la table. Jean s'occupe des verres et Martine place les assiettes.

– Papa se mettra là, à côté de maman. Et tu seras ici, en face de moi. Ce sera très bien.

Martine pose les serviettes debout dans les verres. On dirait de petits chapeaux.

Enfin la maison est en ordre. Maman va bientôt rentrer, sans doute.

Martine se peigne devant le miroir.

– Nous avons oublié quelque chose, dit Jean. Il faut enlever le feuillet du calendrier.

– Tu as raison. C'est jeudi aujourd'hui. Et c'est la fête de maman.

– Heureusement qu'on y pense !

Vite, Martine et Jean vont cueillir des fleurs dans le jardin. Que choisir ?

– Les marguerites sont jolies, dit Jean.

– Et les pois de senteur ont un parfum agréable.

– Mais les roses feraient bien mieux dans la maison.

– J'ai une idée : nous allons cueillir des œillets. Maman les aime tellement.

– C'est ça. Dépêchons-nous.

Voilà maman qui arrive.

Déjà Martine et Jean sont à la porte.

– Maman, nous avons rangé toute la maison.

– On a cueilli des œillets pour ta fête.

– Comme vous êtes gentils !

La maman de Martine embrasse ses petits enfants.
Vous pensez bien qu'elle n'oubliera jamais ce jour-là.

Voilà pourquoi Martine et Jean sont toujours sages
à la maison quand maman n'y est pas.

martine
petite maman

GILBERT DELAHAYE - MARCEL MARLIER

Ce matin, tout est calme dans la maison de Martine. Papa et Maman sont partis en voyage pour la journée. Bébé, Minet et Patapouf dorment encore.

Le réveil sonne. Vite, Martine se lève car elle doit remplacer Maman et s'occuper d'Alain, le petit frère, qui ne va pas tarder à s'éveiller.

Elle tire les rideaux, ouvre les volets.

Aussitôt le soleil entre dans la chambre. Dehors, le coq chante et le jardin sent bon.

C'est une belle journée qui commence.

Les rêves de la nuit s'envolent. Bébé ouvre les yeux. Il regarde le coucou qui sort de l'horloge en criant « coucou, coucou ». Les canards, sur le papier peint, font semblant de se jeter dans la mare. Minet accourt dans l'escalier pour savoir si bébé a bien dormi.

Quand Alain est tout à fait éveillé, Martine le prend dans ses bras. Bébé, ébloui par le soleil, se cache les yeux en faisant une grimace.

– Bonjour, bonjour, dit Martine en l'embrassant pour le rassurer.

La journée de bébé commence par le bain.

Attention que l'eau ne soit pas trop chaude !

Baigner Alain n'est pas une mince affaire. Il tape dans l'eau avec son poing pour faire danser le poisson rouge et le canard en plastique.

Il veut se mettre debout dans la baignoire. Il s'éclabousse la figure et sort la langue. Prenons garde qu'il n'ait pas de savon dans les yeux.

Le bain est terminé. Bébé est tout nu sur la table. Sa peau est douce comme la peau d'une pêche. Surtout, bébé ne doit pas prendre froid. Une friction à l'eau de Cologne lui fera du bien.

– Moi, dit Patapouf en levant le museau, les parfums me donnent la migraine.

Bébé voudrait bien retourner dans la baignoire, mais, il a beau gesticuler, le bain est fini.

Martine est perplexe. Comment va-t-elle habiller bébé ?
Si maman était ici, cela serait plus simple. Cela ne fait rien.
Martine saura bien se tirer d'affaire.

Elle veille à ne pas piquer le petit frère avec les épingles
de nourrice. Allons bon, bébé serre son poing dans la manche
de la barboteuse. Sa menotte ne veut plus sortir de là.
Heureusement que Martine ne s'énerve pas !

Et voilà un nœud qui n'est pas facile à faire.

Bébé pleure et se met en colère. Martine connaît bien la raison de son impatience. C'est que l'heure du biberon est arrivée. Et quand bébé a faim, il ne faut pas le faire attendre.

Aussi Martine se dépêche de mettre à chauffer l'eau dans la bouilloire. Où est le lait en poudre ? Et le sucre ? Le biberon est-il rincé ? Voilà qui est fait. Il ne reste plus qu'à mesurer le lait, l'eau et le sucre. Maman a dit : « Jusque-là dans le biberon. »

Ni trop chaud ni trop froid, le lait est à point.

Le petit frère ne pleure plus. Martine l'a installé sur ses genoux et il tète goulûment. Martine est bien contente qu'il ait un si bon appétit.

– Doucement, dit-elle en baissant le biberon. Sinon tu auras le hoquet.

Bébé regarde le plafond. Dans ses yeux, plus de chagrin. Il tient le biberon à deux mains et Minet l'observe, espérant que bébé ne boira pas tout.

Avant de partir, Maman a dit : « S'il fait beau, tu pourras promener bébé au parc ». C'est une chance que le soleil soit de la partie !

Martine sort la voiture de bébé. Elle met un oreiller rose et de jolis draps où sont brodés trois lapins et des oiseaux de couleur.

Pas de couvertures, il fait trop chaud ; bébé ne serait pas à son aise.

Ne pas oublier l'ombrelle.

Martine est fière de promener bébé dans la jolie voiture. Elle entre dans le parc. Aussitôt ses amies viennent à sa rencontre.

– C'est ton frère ? demande Jacqueline en faisant un joli sourire.

– Comment s'appelle-t-il ? dit Françoise.

– Il s'appelle Alain.

– Comme il est mignon ! Quel âge a-t-il ?

– Il a eu treize mois le 15 avril.

Dans le parc, les enfants crient trop fort en jouant à cache-cache. Bébé ne parviendra jamais à s'endormir. Rentrons à la maison.

Là, dans la cour, sous un parasol, bébé ne tarde pas à fermer les yeux.

– Chut, dit Martine en mettant le doigt sur ses lèvres. Il ne faut pas réveiller bébé.

Elle s'en va sur la pointe des pieds. Minet veille sur le banc. Tout est calme.

Tout à coup, par la fenêtre ouverte, on entend un bruit de ferraille.

Martine accourt aussitôt. Qu'est-il arrivé ?

C'est Minet qui a vu passer une souris sous le banc. Il l'a poursuivie jusque dans la buanderie. En courant, il a fait tomber le balai sur le seau et le seau a roulé au milieu de la cour. Bébé a eu peur. Il s'est réveillé. Il pleure.

– Ce n'est rien, dit Martine en prenant son petit frère dans les bras.

Bébé est consolé. Déjà il ne pense qu'à s'amuser. Car il a vu le cheval à bascule, qui lui fait signe.

Le cheval à bascule a des grelots autour du cou et une crinière avec des rubans. Il attend que bébé soit bien installé et hop, en arrière, en avant, il galope comme un vrai cheval.

Gare à Minet s'il se fait prendre les pattes !

Bébé ne veut plus jouer au cheval.

Bébé veut marcher.

C'est vrai qu'il sera bientôt un petit garçon pour de bon. Et puis, il y a des tas de choses à voir dans le monde, n'est-ce pas ?

Bébé ne marche pas encore très bien. Il faut que Martine le soutienne. Ainsi, il ira sûrement jusqu'au bout du jardin.

Justement un petit mouton, qui s'ennuyait, l'attend sur le gazon.

– Bonjour, petit mouton.

Bien sûr, bébé ne parle pas encore. Mais ce que bébé ne dit pas, tout le monde le pense.

Le petit mouton, lui, ne parlera jamais. Alors, il fait des bonds dans l'herbe et toutes sortes de cabrioles. Ce qui veut dire : « Donne-moi une caresse . »

Mais rien n'est plus difficile que de caresser un petit mouton qui bouge tout le temps.

L'après-midi s'achève. Le grand air donne de l'appétit et bébé réclame sa panade.

Martine assied Alain dans sa chaise. Une chaise avec une tablette et un joli coussin.

Elle apporte une cuillère et une assiette. Elle souffle sur la panade pour la refroidir.

– Une cuillère pour Minet ? Une cuillère pour le cheval à bascule ? Encore une pour le petit mouton ?…

– Surtout, ne m'oubliez pas, semble dire Patapouf.

Les étoiles s'allument dans le ciel. C'est l'heure de mettre bébé à coucher. Martine le déshabille.

Le voilà en pijama, prêt pour aller dormir avec l'ours en peluche et le lapin aux longues oreilles.

Minet se demande si vraiment l'ours en peluche n'empêchera pas bébé de dormir et si le lapin espiègle ne va pas courir toute la nuit dans la chambre.

Il remue la queue simplement pour dire :

– Demain, on s'amusera bien.

– Fais de jolis rêves, dit Martine à son petit frère.

Sitôt dans son lit, bébé s'est endormi. Martine aime beaucoup son petit frère… Mais elle est contente que Papa et Maman rentrent tout à l'heure.

Car bien sûr, cela n'est pas facile de s'occuper de bébé toute la journée !

martine
et les quatre saisons

GILBERT DELAHAYE - MARCEL MARLIER

Martine vient de recevoir un joli cadeau pour la nouvelle année. C'est un calendrier avec des images en couleurs que lui envoie son grand-père.

– Comme il est beau, ce calendrier ! Nous allons le suspendre au mur, dit Jean.
Savez-vous combien de mois il y a dans le calendrier de Martine ?

Dans le calendrier de Martine, il y a douze mois. Le premier s'appelle *janvier*. Il commence par le nouvel an. Ce jour-là, toute la famille se réunit autour du sapin illuminé.

– Chers parents, je vous souhaite une bonne année, dit Martine.

– Et beaucoup de bonheur, ajoute son frère.

On s'embrasse. On distribue des cadeaux. Martine reçoit un bracelet-montre, Jean, des patins à roulettes, et Patapouf, un joli panier avec un coussin.

Février n'a que vingt-huit jours : il est pressé de
voir partir l'hiver. Mais l'hiver ne veut pas s'en aller.
La neige tombe. Les chandelles de glace qui pendent des
gouttières luisent au soleil et les moineaux sont malheureux.
Martine a placé un petit nichoir en bois dans le verger.
Ainsi les oiseaux seront bien à l'abri.

Après février, *mars* arrive. C'est le mois du printemps. Mais le merle a beau siffler, siffler, le printemps est toujours en retard.

Il faut pourtant se dépêcher de préparer le jardin. Martine sème les légumes avec son frère.

Comme c'est amusant de jardiner !

Si Patapouf continue à faire des trous dans la terre, il faudra l'attacher dans sa niche !...

Mais que se passe-t-il ?...

... Entendez-vous carillonner les cloches dans les villes et les villages ?

C'est *avril* qui revient au pays.

– J'ai vu le printemps, dit une hirondelle.

– Il est dans le petit bois, ajoute le coucou.

Comme ils sont gros, les œufs de Pâques !

Il y en a – en sucre et en chocolat – pour Martine, pour Jean, pour tous leurs petits amis.

Le jardin de Martine est en fleurs.

– Sentez comme je sens bon, dit le lilas.

– Voyez comme je grandis, fait la marguerite en se dressant sur sa tige.

– On est bien au soleil, dit la primevère.

Le pommier lance des confettis dans le vent. Les poussins courent après les papillons. Martine et Jean sont venus cueillir des fleurs pour faire une surprise à leurs parents.

C'est le joli mois de *mai.*

Au mois de mai, les fleurs, les sources, les oiseaux, toute la nature se réjouit.

Aujourd'hui, c'est la fête de maman.

Dans le salon, Martine et Jean offrent un joli bouquet de jonquilles à leur maman chérie.

– Nous serons toujours gentils avec toi, dit Martine en l'embrassant de tout cœur.

Juin. Les jours sont longs. Le soleil brûle. Sur le chemin, les fourmis courent dans la poussière.
Le fermier fauche le foin.

Il fait chaud, chaud. C'est l'été.
Papa a sorti du grenier la chaise longue et le parasol.
Martine a mis sa robe de nylon et son chapeau de soleil.
Les fleurs ont soif. Il faut les arroser.

Déjà les groseilles sont toutes rouges. Les cerises ressemblent à des boucles d'oreilles. Martine et son frère ont grimpé dans le cerisier. Tout là-haut, le vent chante et le soleil danse entre les feuilles.

– Nous allons remplir notre panier.
– Et demain, avec maman, nous ferons des confitures pour l'hiver.

Juillet. Vive les vacances !

Le papa de Martine vient d'acheter une caravane. Martine, Jean, Patapouf, toute la famille s'en va camper dans la montagne. La route traverse les forêts et joue à cache-cache avec les villages.

Là-haut, dans la montagne, le petit berger garde son troupeau, le torrent bondit, et Barbichette, la chèvre, saute sur les pierres en agitant le menton.

Au mois d'*août*, la moisson est mûre dans la vallée.
Le fermier fauche le blé. Il dresse les bottes l'une
contre l'autre. Ainsi, on dirait de petites cabanes avec
un toit de paille et un trou pour y entrer.
Il y en a partout, au pied de la montagne.

– Si l'on jouait à cache-cache ?
Martine et Jean n'ont jamais eu tant de plaisir.
C'est une belle journée de vacances.

Mais voici que les hirondelles se rassemblent sur
les fils électriques.

    – L'hiver est proche. Il est temps de s'en aller.

    – Moi, je reste, dit le rouge-gorge.

Le vigneron cueille le raisin pour le mettre à la
cuve. Bzi… Bzi… fait la guêpe dans le verger. Là-bas,
dans le bois, l'écureuil fait sa provision de noisettes
pour l'hiver.

    L'automne est arrivé. On est en *septembre*.

Le soleil est fatigué d'avoir brillé tout l'été. C'est lui qui a fait gonfler les bourgeons, s'ouvrir les fleurs, mûrir le blé. Sans lui, point de pommes au verger, point de marrons sur le marronnier. Le soleil doit se reposer maintenant.

Mais pour les enfants, les vacances sont terminées. Martine et Jean vont retourner à l'école.

Pendant ce temps, Patapouf ira courir dans la campagne.
Déjà, les marrons tombent, le fermier laboure son champ,
l'herbe est toute mouillée.

– Nous voilà, nous voilà, font les corbeaux en se
posant dans les sillons.
On dirait des cerfs-volants.

– Allez-vous-en ! dit Patapouf.

– *Octobre* est là, octobre est là, répondent les
corbeaux d'un air moqueur.

Quand vient *novembre*, le vent siffle à tue-tête, les arbres se balancent, les feuilles s'envolent.

Martine et Jean balayent les allées du jardin :

– Je vais aller chercher le râteau dans la remise, dit Martine.

– Et moi, la brouette, ajoute son frère.

– Courons dans les feuilles, dit Patapouf. C'est bien plus drôle.

La moisson rentrée, les oiseaux partis, l'hiver, que tout le monde avait oublié, revient.

Voici *décembre*. La fête de Noël est proche.
De nouveau on a dressé le sapin dans la vitrine du grand bazar. Martine et Jean ne sont jamais fatigués de regarder les jouets :
– Tu vois, la locomotive ; elle marche à l'électricité… Regarde l'hélicoptère…
– Et la poupée, à côté du polichinelle, comme elle est jolie ! Crois-tu que j'en aurai une ?

L'hiver, la neige tombe sur les toits, sur les trottoirs et dans les jardins. La bise gémit dans les arbres. Pour se réchauffer, Martine et Jean ont dressé un bonhomme de neige avec son chapeau et son balai.

Tout le monde est content. Bientôt, ce sera l'année prochaine. Le printemps va recommencer. Ce sont les derniers jours du calendrier.

martine
embellit son jardin

GILBERT DELAHAYE - MARCEL MARLIER

Le papa de Martine vient d'acheter une maison à la campagne. Pour y arriver, il faut passer le pont sur la rivière et tourner à droite.

Devant la maison, il y a un grand jardin. L'herbe a poussé haut. Le puits est envahi par le lierre et la mousse.

Il faut tondre la haie, planter les fleurs pour le printemps, épandre le gravier devant la barrière et ratisser les allées. Déjà, Martine et Jean se sont mis au travail.

À quoi sert la serfouette ?
– C'est pour arracher les mauvaises herbes. Ensuite, nous les brûlerons. Papa dit que si on les laisse pousser, elles étoufferont la bonne graine.

– Je vais mettre les vieux gants de maman pour enlever les orties. Ainsi elles ne me piqueront pas.

– Maintenant, réparons la rocaille.

Il faudrait placer quelques pierres ici.

– N'est-ce pas joli ? dit Jean occupé à disposer des pas japonais dans le gazon. Après cela, nous planterons des perce-neige, des jonquilles, des narcisses et les crocus que maman nous a donnés.

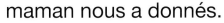

Jean est monté sur la brouette.

– Que fais-tu là ? demande Martine.

– Tu vois, je taille un if.

– Qu'il est drôle ! Il ressemble à Patapouf.

– C'est une surprise, pardi ! Regarde Patapouf. Comme il est fier !

Le gazon a été roussi par le soleil.

– Il reste encore un sac de graines à la remise, dit Martine.

– Courons le chercher et semons les graines. Qui sera surpris quand le gazon poussera bien vert ? C'est papa.

Le gazon semé, il faut rouler la terre pour qu'il prenne racines.

– Cela ferait bien s'il y avait quelques fleurs auprès du vieux puits.

– J'ai une idée, dit Martine. Allons chercher de la terre.

– Pourquoi ?

– Pour dresser une corbeille. Nous y planterons des tulipes, des pensées, des salvias.

On se met à l'ouvrage.

– Oh là, voici que la brouette s'enfonce ! Que faire ?

– Mettons une planche et des cailloux.

Au fond du jardin, coule un ruisseau.

– Dressons un barrage, dit Martine. L'eau va monter. Nous aménagerons un étang avec une cascade.

– Ici nous ferons une crique de sable.

– Crois-tu que nous pourrons pêcher des truites entre les nénuphars ?

– Bien sûr que non ! Les truites vivent dans les rivières où le courant est rapide.

– Alors nous achèterons des poissons rouges et nous les mettrons dans notre étang.

– On pourrait aussi élever des canards, si papa veut bien en acheter quelques-uns, dit Jean.

Où va-t-on placer le petit sapin que le pépiniériste a donné au papa de Martine ?

Là, près du mur, il sera bien à l'abri de la neige quand viendra l'hiver.

Mais non, il va grandir, il lui faudra de la place.

Ce sera un joli sapin bleu. Il ne craindra ni le froid ni le vent.

Et quand le lilas perdra toutes ses feuilles, le sapin de Martine sera toujours aussi beau.

Plantons-le au milieu du jardin et tassons la terre pour qu'il pousse bien droit.

Cette année, l'hiver est en avance. Toute la nuit, la neige est tombée. Balayons la terrasse. Dégageons le chemin.

Quand revient le printemps, on dirait que tout est neuf dans le jardin.

Entre les rocailles, les perce-neiges agitent leurs clochettes.

Les crocus ouvrent leur calice. Les jonquilles, les narcisses, les tulipes, tout fleurit en même temps.

Tiens, voici le premier papillon. Il va, il vient. Il voudrait se poser sur toutes les fleurs à la fois…

Il y a si longtemps qu'il rêve de s'envoler dans le jardin de Martine !

Sur le bord du chemin, la fourmi sort de son trou. Elle court à droite, à gauche. Vous pensez qu'une fourmi n'a rien à faire ?

Le merle siffle. Patapouf fait des cabrioles. Le chat du voisin sent bon la menthe et le thym. Tout le monde a le cœur en fête.

Mais que d'ouvrage dans le jardin !…

– D'abord, se dit Martine, nous allons sortir de la remise la table en fer et les chaises pour les mettre sur la terrasse.

– Oui, mais il faut repeindre la table !…

– Voici un pot de peinture blanche.

Pendant que Jean prépare la peinture, Martine est allée chercher le parasol, les chaises en fer forgé et aussi le cheval de bois pour le petit frère.

Sur la terrasse, il y a une jolie glycine.

C'est un endroit agréable pour jouer quand il fait beau.

Sur la pelouse, on a placé la brouette avec les géraniums.

– À présent, je vais tondre le gazon, dit Jean.

– Justement, papa vient de régler les couteaux de la tondeuse.

– Que fera-t-on quand l'herbe sera coupée ?

– Je la ramasserai avec le râteau.

– Nous en ferons un grand tas et nous la mettrons dans le panier… On pourrait en donner aux lapins du fermier.

– Papa sera bien content quand il verra le travail terminé.

L'été, le soleil brûle. La terre devient dure. Les insectes vont se cacher sous les pierres… sauf le lézard et le papillon.

Entre les rocailles, les cactus dressent leurs épines.

– Regarde celui-ci, comme il a une forme bizarre ! Il est sûrement malade de chaleur !

– Mais non, il se plaît au soleil. Il paraît qu'il y en a de grands comme ça dans les pays chauds.

Mettons des galets autour des cactus. Cela fera très joli.

Les fleurs ont soif.

– Vite, il faut les arroser, dit Martine.

Comme c'est agréable d'arroser les fleurs ! On dirait qu'elles parlent :

– Ne m'oubliez pas, dit le myosotis.

– Merci, merci, fait la rose trémière.

Elles sont si jolies, les fleurs, dans la rosée du matin !
Les pensées vous regardent avec leurs yeux de velours.
Le muflier attend son amie l'abeille. La reine-marguerite vous
dit « bonjour, bonjour » sur la pointe des pieds. « Cueillez-moi,
cueillez-moi », fait le phlox. Oui, le jardin de Martine est
vraiment un jardin merveilleux.

– Bravo ! a dit le papa de Martine, vous avez bien travaillé. Voilà votre récompense.

Et savez-vous ce qu'il a donné à Martine et à son frère Jean ? Une jolie tortue qui s'appelle…

– Au fait, comment va-t-on l'appeler ?

– Nous l'appellerons Grisette, dit Martine. Et quand elle sera grande, elle pourra se promener partout avec nous dans le jardin.

martine
fait la cuisine

GILBERT DELAHAYE - MARCEL MARLIER

Pour sa fête, Martine a reçu
de sa marraine un livre de
cuisine de recettes savoureuses.
Elle est impatiente d'en essayer
quelques-unes, pas trop difficiles
et puisque les vacances sont là…
Mais elle n'est pas très sûre de réussir
du premier coup. Mieux vaut demander
conseil à maman.
– Tout d'abord, dit la maman de
Martine, il faut bien respecter les

quantités indiquées dans ton livre.
Pour cela, tu devras te servir de la
balance, du verre à mesures, d'une
cuillère à soupe et d'une cuillère à
café.

Maman inscrit dans le cahier de Martine le petit tableau que voici :
Un grand verre = 2 dl (décilitres) ou 20 cl (centilitres) ou 200 g (grammes) ;
une cuillerée à soupe = 25 g ;
Une cuillerée à café = 5 g.

Par exemple, pour mesurer la cuillerée à soupe de farine, tu remplis la cuillère ; ensuite, avec un couteau, tu fais tomber ce qui dépasse des bords.

Pour bien réussir les recettes de cuisine,
le temps a aussi beaucoup d'importance.
Ainsi, il faut trois minutes pour cuire un
ŒUF À LA COQUE. Trois minutes dans
l'eau bouillante, ni plus ni moins.
Quand l'œuf est cuit, on enlève un bout
de sa coquille, on le pose dans le co-
quetier, on lui coupe un petit chapeau…
Le jaune est juste à point ! C'est utile,
n'est-ce pas, de savoir cuire un œuf à
la coque lorsque maman n'est pas là
et que bébé a faim.

Le parfait « cordon-bleu » doit faire preuve d'imagination, de savoir-faire… et aussi de patience ! C'est qu'il en faut, de la patience, pour écosser avec maman un kilo et demi de petits pois… pour cinq personnes : papa, maman, Martine, Jean et le cousin Frédéric !

– Moi, je les trouve amusants, les petits pois, se dit Moustache. En voilà un qui rebondit sous la table. Un autre se cache dans une chaussure… Un troisième roule dans un coin…

– Attention, Martine, range bien les boîtes ! Sinon, gare au sucre dans le potage et au sel dans le chocolat… Et surtout, ne sois pas distraite !

– Cette patte de lapin est à moi, déclare Patapouf.

– Non, à moi, réplique Moustache en colère.

– Voulez-vous rester tranquilles, se fâche Martine.

Pendant ce temps, sur la cuisinière, le lait, qui ne demande qu'à faire des bêtises, s'enfuit. Heureusement, il en reste assez pour le pain perdu…

– Le PAIN PERDU, explique maman, est une recette facile et pas chère du tout. Pour une personne, il suffit de deux tranches de pain – d'un œuf – d'un peu de lait dans une assiette creuse, de sucre, de vanille et de beurre.

1. Tu enlèves la croûte des tranches de pain si elle est trop dure.

2. Tu passes chaque tranche une première fois dans le lait sucré et vanillé ; une deuxième fois dans l'œuf entier battu.

3. Tu fais fondre le beurre dans une poêle.

4. Tu fais dorer le pain perdu des deux côtés. Tu sers chaud avec du sucre blanc ou roux.

– À midi, nous mangerons du poisson, c'est certain, se dit Moustache.
Cela se devine à l'odeur. Et puis, Martine a déjà préparé un œuf pour
la mayonnaise.

Roussette l'a pondu exprès et Martine est allée le chercher avec
Patapouf au poulailler. Un bel œuf bien frais… lisse comme une boule
de billard.

– Comment réussir une MAYONNAISE ? Ce n'est pas compliqué, dit maman. Il faut : un jaune d'œuf – une cuillerée à café de moutarde – du sel, du poivre – une cuillerée à soupe de vinaigre – de l'huile.

1. Dans un grand bol, tu mélanges vivement le jaune d'œuf + la moutarde + un peu de sel et de poivre.

2. Tu verses petit à petit l'huile en tournant. La mayonnaise devient épaisse.

3. Tu continues ainsi jusqu'à ce que tu aies la quantité nécessaire et tu ajoutes le vinaigre.

Il a bien fallu mettre Patapouf et Moustache à la porte. Pensez donc, ces deux-là ne rêvent que chapardage et mauvais coups.

– Si on rentrait par la fenêtre ? propose Patapouf.

– Tu n'y penses pas. C'est bien trop dangereux, répond Moustache. N'as-tu pas entendu ? Martine a dit : « Pour le dessert, il y aura des *éclairs*… »

– Oui, dit Patapouf qui aime faire peur à Moustache. Elle a même ajouté : « Et il y aura aussi des *langues de chat*… »

– Dans ce cas, je file… Je ne tiens pas à faire les frais du dessert !

Martine ne se lasse pas de feuilleter son livre de cuisine.

– Oh, maman, regarde, la recette de la MOUSSE AU CHOCOLAT !
Si j'essayais… C'est délicieux, la mousse au chocolat !

– Tu n'as qu'à suivre attentivement les indications de ton livre :
par personne, prévoir une barre de chocolat fondant – un œuf – une demi cuillerée
à soupe de sucre en poudre – une cuillerée à café de beurre.

1. Chauffer doucement le chocolat avec un petit peu d'eau et le délayer
avec soin. 2. Dans un autre plat, séparer le jaune d'œuf du blanc.

3. Au jaune, ajouter le sucre en poudre,
battre avec le fouet pour obtenir
une mousse.

4. Ajouter : le chocolat fondu,
le beurre ramolli, le blanc
d'œuf battu en neige.

5. Verser dans des coupes
et servir très frais avec des
biscuits appelés…
langues de chat.

Ce matin, maman a rapporté du marché un kilo de reinettes. Exactement les fruits qui conviennent pour préparer des pommes glacées. Avant tout, il faut faire fondre du sucre. Martine s'en occupe. Mais soudain…

– Regarde ce que je viens de trouver au grenier ! dit Jean qui entre en coup de vent dans la cuisine.
– Oh, le joli polichinelle ! Tu me le donnes ?
Et le jus de sucre, oublié sur la cuisinière, se met à bouillir, à bouillir… Si maman n'était pas arrivée, il aurait brûlé dans la casserole.

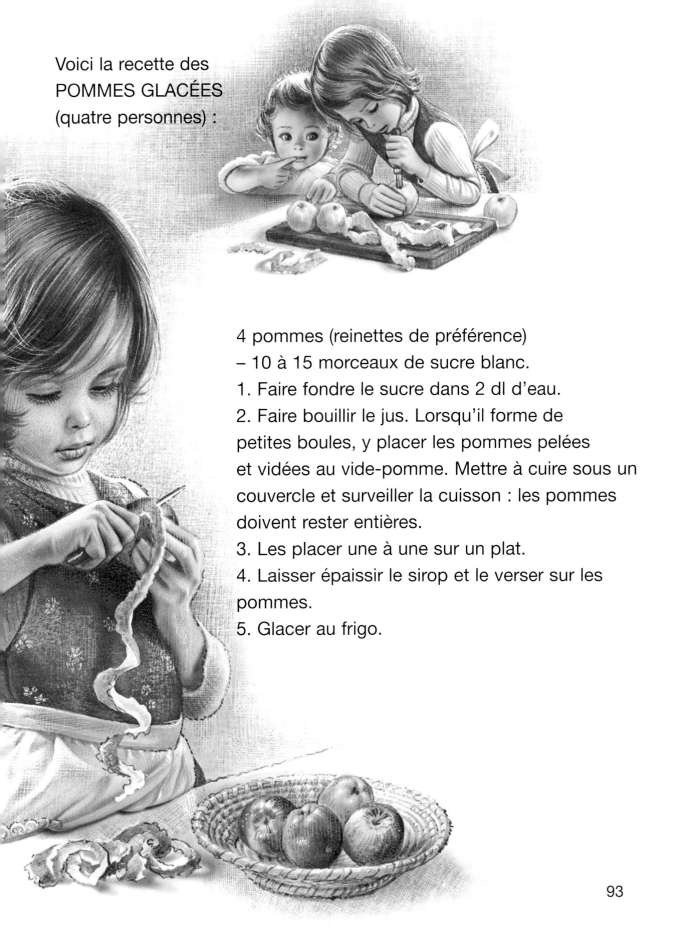

Voici la recette des
POMMES GLACÉES
(quatre personnes) :

4 pommes (reinettes de préférence)
– 10 à 15 morceaux de sucre blanc.
1. Faire fondre le sucre dans 2 dl d'eau.
2. Faire bouillir le jus. Lorsqu'il forme de
petites boules, y placer les pommes pelées
et vidées au vide-pomme. Mettre à cuire sous un
couvercle et surveiller la cuisson : les pommes
doivent rester entières.
3. Les placer une à une sur un plat.
4. Laisser épaissir le sirop et le verser sur les
pommes.
5. Glacer au frigo.

C'est le jour des confitures. On a cueilli toutes les fraises du jardin et tante Alice est venue à la maison donner des conseils. Car personne dans la famille ne réussit les confitures de fraises aussi bien que tante Alice.

CONFITURE DE FRAISES (recette de tante Alice) : 1 kg de fraises (fraîches et mûres à point) – 1 kg de sucre « minut ».

1. Laver rapidement les fraises (elles ne doivent pas séjourner dans l'eau). Laisser égoutter. Enlever les queues et couper les fraises en petits morceaux.

2. Les mélanger au sucre dans la bassine et chauffer jusqu'à ébullition.

3. Laisser cuire pendant 4 minutes. 4. Mettre en pots.

5. Fermer les pots avec de la cellophane maintenue par un élastique.

Pour faire les CRÊPES, la plus habile, c'est Martine… Enfin, c'est-à-dire… Maman l'aide beaucoup ! Préparer la pâte à crêpes n'est pas une mince affaire. Essayez vous-même.

Pour quatre personnes, il faut : 250 g de farine – 4 œufs – une pincée de sel – 50 g de beurre ramolli – un demi-litre de lait – une noix de levure.

a) *Préparation de la pâte :* 1. Mettre la farine dans un plat creux. – 2. Faire une fontaine au centre de la farine et y déposer les jaunes d'œufs, le sel et le beurre. – 3. Mélanger le tout et délayer en versant le lait tiède. – 4. Ajouter la levure (délayée auparavant dans un peu d'eau ou de lait tiédis) et les blancs d'œufs battus en neige. – 5. Déposer la pâte semi-liquide près d'une source de chaleur et la laisser lever.

b) *Cuisson :* 1. Graisser une poêle, la chauffer très fort. – 2. L'enlever un moment du feu et verser une mince couche de pâte. – 3. Laisser roussir. – 4. Retourner la crêpe avec une spatule ou, si vous êtes adroite comme Martine, en la faisant sauter dans la poêle. – 5. Servir chaud saupoudré de sucre blanc ou roux. On peut présenter les crêpes roulées après les avoir garnies de confiture.

C'est dimanche. On a invité les grands-parents de Martine à venir dîner en famille. Car ils sont curieux de goûter les petits plats qu'elle prépare si bien, paraît-il…

Justement, Martine sert un de ces potages aux poireaux comme grand-père les aime.

– Mmm… Bravo, Martine, c'est délicieux ! dit-il. Dès demain, tu auras les jolis coquetiers que je t'ai promis.

Et après quelques mois d'exercices, Martine sait vraiment cuisiner toute seule.

Bien sûr, il y a des mets compliqués qui demandent beaucoup de savoir-faire et que seule maman peut réaliser. Mais tout de même, Martine est devenue un petit cordon-bleu à sa manière.

Avec un peu de patience et si vous suivez les conseils de votre maman, vous pourrez, vous aussi, réussir des recettes simples. Tout le monde à la maison sera surpris de vos progrès… et se régalera !

.

martine
est malade

GILBERT DELAHAYE - MARCEL MARLIER

Il a neigé. Le vent siffle. Les oiseaux tremblent
de froid.

Martine aime jouer dans la neige avec Patapouf.

Mais elle a eu tort de ne pas se couvrir comme
maman le lui avait demandé.

Vraiment, Martine a été imprudente.

C'est ainsi qu'on prend froid sans y penser.

Maman dit toujours : «Chausse tes bottes. Mets ton manteau pour aller jouer dans la neige !»

Et chaque fois, Martine oublie ces bons conseils.

Quand elle rentre à la maison, elle frissonne, elle est toute mouillée. Maman lui enlève ses chaussures et ses bas, met sécher ses vêtements, la frictionne pour la réchauffer.

— J'ai bien peur que demain tu ne sois malade !...

Maman ne s'est pas trompée. Le lendemain matin, Martine ne se sent pas bien. Justement ses amis avaient décidé de s'amuser ensemble.

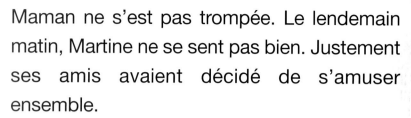

– Nous allons faire une partie de luge, crie un garçon. Tu viens avec nous, Martine ?

– Il y a longtemps que nous t'attendons, ajoute une fille.

– J'ai mal à la gorge. Je ne peux pas sortir, répond Martine à la fenêtre.

– C'est dommage !… Nous reviendrons une autre fois.

Martine tousse. Elle a de la fièvre et ne peut pas quitter son lit. Elle aimerait se lever pour aller en classe, étudier, courir, s'amuser comme tout le monde. Mais ce n'est pas possible.

– Je vais téléphoner au docteur, dit Maman. Heureusement qu'elle est là pour soigner Martine !

Martine s'est endormie. Elle fait un rêve sans queue ni tête. Cela arrive quand on a de la température.

– Voulez-vous danser, petite ?

Un petit homme lui sourit, tout de blanc. C'est un bonhomme de neige ! Il lève le bras et la musique se met à jouer.

– Arrêtez, arrêtez, je vous en prie, demande Martine ; j'ai la tête qui tourne !

Par la porte entrebâillée, Patapouf et Moustache sont entrés dans la chambre :

– Martine rêve tout haut, dit Moustache. Elle doit être malade pour de bon…

– Oui. Et elle fait sûrement un cauchemar. Patapouf aboie :

– Réveille-toi, Martine, réveille-toi !

Voici le docteur.

Martine le connaît bien : c'est un ami de la famille.

Il ausculte Martine, examine sa gorge, écoute battre son cœur et souffler ses poumons.

– Je vais te prescrire des cachets et du sirop. Tu as attrapé une bonne bronchite. Il faut que tu sois patiente dit-il en rédigeant son ordonnance. N'est-ce pas, Martine ? Je reviendrai bientôt te dire bonjour. Et tu verras, tu seras vite guérie si tu fais bien ce que je te dis. Au revoir !

Jean est allé chercher les médicaments chez le pharmacien.

Maman aide Martine à les prendre.

– Ce sirop, je dois vraiment le boire ? demande Martine qui fait la grimace.

– En voilà une question !...

Comment veux-tu que la toux s'arrête ?

– Et ces cachets, à quoi servent-ils ?

– À faire tomber la fièvre.

– Quand serai-je guérie ?

– Bientôt, Martine... Tais-toi donc un peu. Repose-toi maintenant...

Plus rien ne bouge dans la chambre de Martine.
À la porte, grand-père écoute pour s'assurer
qu'elle dort calmement.

Moustache et Patapouf
voudraient entrer.
– Je me ferai léger sur les
couvertures, dit le chat.
– Moi, je resterai sur le
tapis, promet Patapouf.

– Non, non et non, vous n'entrerez
pas ! Il faut laisser dormir Martine.
Le repos, c'est le meilleur remède.

La fièvre aujourd'hui a presque disparu.

– Grand-Père, est-ce que je peux me lever ?

– Pas encore, Martine. Tu dois rester quelques jours au lit.

– Où sont Patapouf et Moustache ?… Quand vais-je retourner à l'école ?

– Sois donc raisonnable… Tu veux que je te raconte une histoire ?

Écoute : « Le secret de maître Cornille »…

Au bout d'une semaine, Martine va beaucoup mieux. Elle lit, elle dessine, mais elle ne peut pas encore aller à l'école.

Les journées sont longues.

Ses amis se demandent :

– Comment va Martine ?
– Si nous lui rendions visite ?
– Oui, cela lui fera sûrement plaisir !
Tous ensemble, ils sont venus lui apporter des friandises et des livres de la bibliothèque de l'école.

Ce matin, le facteur apporte une lettre pour Martine. Une lettre de la tante Lucie! Et dedans, une jolie carte illustrée où il est écrit :

J'ai appris que tu es malade, chère petite Martine. J'espère que ce n'est pas trop grave. Je t'invite à venir passer quelques jours à la maison aussitôt que tu seras guérie. Donne-moi vite de tes nouvelles. Je t'embrasse. Tante Lucie.

C'est dimanche. Puisque Martine ne peut pas encore sortir, elle regarde la télé avec Papa et Patapouf.

Il y a un dessin animé pour les enfants : « Titus le chat ». Après quoi passe le film « Sur la piste des coyotes ».

– Attention, voilà les Indiens ! s'écrie Patapouf. Ils vont sûrement courir après nous !

– Mais non, gros bêta, ce ne sont que des images !

– Ah ? Comment fait-on pour les enfermer dans cette boîte ?

Le temps paraît long quand on est malade…

Comme ce serait amusant de courir sur la pelouse avec Moustache et Patapouf, ou de flâner sous les arbres ! Dehors, les oiseaux jouent à cache-cache. Le rouge-gorge jette un coup d'œil par la fenêtre :

– Qu'est-ce que tu attends, Martine ? Viens !

– J'attends le soleil, les beaux jours… Crois-tu que le printemps arrive ?

– Aussi sûr que je suis là, l'hiver s'en va, les ennuis s'envolent.

Il y a plein de jonquilles et de tulipes dans le jardin.

Tu verras, tu verras, dit le rouge-gorge.

Et, vous savez, le rouge-gorge ne se trompe jamais.

Cette fois, le docteur a examiné Martine :

– Tu vas beaucoup mieux, a-t-il dit, mais gare aux refroidissements !

Alors, Martine écrit sa réponse à tante Lucie :

Chère Tante, le docteur est revenu me voir. Pour la dernière fois, j'espère ! Il a dit que je suis guérie. Dès que le beau temps sera de retour, je pourrai sortir ! Je suis en convalescence. Viens vite me chercher ! Gros baisers. À bientôt.

Martine prépare sa
prochaine sortie…
elle choisit une robe
et l'essaie devant le
miroir.
Elle fait sa toilette.
Où a-t-elle mis ses
chaussures?…
Et son parapluie?
A quoi bon?
S'il pleut, elle ne
sortira sûrement pas.
– Demain, il fera beau, a dit le rouge-gorge.
Et si le rouge-gorge s'était trompé? Si le printemps était en
retard?

Le rouge-gorge, se tromper ? Allons donc !

Aujourd'hui, le soleil est au rendez-vous, un soleil à mettre dehors toutes les violettes. Jamais on n'a vu une aussi belle journée de printemps !

Ah ! se sentir comme un oiseau ! C'est tellement agréable !

Et tout le monde est si heureux que Martine soit enfin guérie !…

Tiens, qui donc donne ces coups de klaxon ?

C'est tante Lucie qui arrive avec sa voiture :
– Ma petite Martine, vite je t'embrasse.
J'ai bien reçu ta lettre. Tu sais, je
me suis fait du souci pour toi. Je suis
si contente de te revoir, si contente !
Mais comme tu es pâle !… Une
semaine à la campagne, voilà ce
qu'il te faut pour te rétablir tout à fait.
Mets ton cache-nez, nous partons.
Tu verras qu'on ne s'ennuie pas
chez tante Lucie !

martine
fête maman

GILBERT DELAHAYE - MARCEL MARLIER

Bientôt ce sera la fête des mères.
À cette occasion, Martine et Jean aimeraient faire une surprise à maman.
Une surprise pour de vrai.
– Je crois qu'une jolie montre lui ferait plaisir.
– Tu n'y penses pas ! Avec quoi la paierons-nous ?

– Voyons ce qu'il y a dans la tirelire ?... Elle n'est pas bien lourde !

– Nous n'aurons jamais assez d'argent. Ça coûte cher, une montre.

Mieux vaudrait offrir un disque. Voilà le cadeau idéal ! Allons chez le disquaire.

– Voulez-vous écouter ceci ? demande la vendeuse.

C'est très beau. Ce sont des chansons.

– D'accord, répond Martine.

– Moi, dit Jean, je préfère le jazz et le rock !

La musique, c'est compliqué. On ne sait pas ce que maman aime au juste. Cherchons autre chose…

Une bague ou un collier feraient sûrement plaisir à maman,
songe Martine…
Ce serait chic !… Elle pourrait les porter les jours de fête.
Un parapluie serait bien utile, non ?

Mais voilà, on n'est pas assez riches. Alors ?
– Ce qui compte, c'est l'intention a dit papa.
Donnez-vous donc un peu de peine. Je
suis certain que vous trouverez chez
grand-mère tout ce qu'il faut pour
fabriquer vous-mêmes un cadeau.

Et voilà tout le monde parti chez grand-mère !
– Regarde ce que j'ai découvert dans ce tiroir, dit
Françoise, la cousine de Martine : un canevas, des pelotes
de laine de toutes les couleurs…
– Pour quoi faire ? demande Martine.
– Je commence une tapisserie… Ce sera long, mais j'y
arriverai pour la fête des mères… Et toi, Martine, que vas-
tu offrir à ta maman ?
– J'ai une idée… si on dessinait un batik ?

– Un batik, qu'est-ce que c'est ? demande Jean.
– C'est une sorte de tissu décoré… Pour cela, il faut un carré de toile, de la cire, de la teinture.
– De la cire ?… On n'en a pas !
– Mais si, voilà des bougies. Nous les ferons fondre.
– Et la toile ?… Et la couleur ?
Vous savez, dans le grenier de grand-père, on finit toujours par trouver ce dont on a besoin… à condition, bien entendu, que grand-mère soit d'accord !

Mais oui, grand-mère veut bien :

– Mes enfants, voilà un joli canevas que j'ai conservé du temps où je faisais de la dentelle. Prenez-le. Vous n'aurez qu'à suivre le dessin…

Elle a même donné un petit entonnoir pour y verser la cire fondue. C'est pratique, n'est-ce pas ?

Et maintenant, au travail… Tendons la toile sur un cadre de bois avec des punaises. Il ne faut pas qu'elle bouge.

– Que vont-ils faire ? demande Patapouf.

– Tu le vois bien ! répond Moustache. Ils dessinent avec de la cire.

– Qu'est-ce qu'ils dessinent ?

– Je ne sais pas : un dragon ? des poissons exotiques ?

– Et après ?

– Après, ils vont tremper la toile dans la teinture. C'est pour colorier le dessin aux endroits où il n'y a pas de cire.

– Pourquoi recommencent-ils plusieurs fois ?

– Il faut la tremper une fois par couleur.

La teinture, ça tâche, attention ! On en trouve chez le droguiste, mais grand-mère a gardé quelques échantillons de couleurs dans une boîte en fer.

– Tu crois que le dessin sera réussi ?

– Nous allons voir…

Il ne reste plus qu'à dissoudre dans l'eau chaude, la cire appliquée sur la toile. Le travail est terminé. On retire le batik du chaudron, avec précaution…

Le résultat ? Le voilà.

– Ce dessin ne me plaît pas, souffle Moustache. On dirait un oiseau en fleurs.

– Tant pis pour toi ! Moi, je trouve ça très bien.

Grand-père a suivi l'opération avec attention et donné quelques conseils.

Avec les enfants, il est tout heureux de la réussite :

– Bravo ! Bravo ! dit-il. Mais il faudra retoucher un peu votre dessin, là… et pensez donc à repasser la toile. Quel beau cadeau ce sera pour la fête des mères !

Il réfléchit :

– Prenez aussi ce vieux coucou. Il était dans le grenier… Tu sais, Martine, nous l'avions dans notre salle à manger quand ta maman était encore une petite fille. Tu lui donneras.

– Un coucou, à quoi ça sert ?
demande Patapouf.
– À sonner les heures. La petite
maison qui abrite le coucou est
une pendule.
– Est-ce qu'on peut l'écouter,
grand-père ?
– Nous allons l'essayer…

Il faut mettre une goutte d'huile
dans les engrenages et resserrer
cette vis.
– Coucou… coucou… coucou…
– Ça marche, les enfants, ça
marche !

– Comment allez-vous emporter le coucou à la maison sans
que maman ne s'en aperçoive ? demande grand-mère. Si
vous la mettez au courant, cela ne sera plus une surprise.
– Pardi, cachez-le dans ce chaudron, dit grand-père.
– Un chaudron !… Quelle idée !
– Mais si, mais si. Vous verrez, ça ira très bien.

– Et puis, il est tout sale, ce chaudron !

– Eh bien, nettoyez-le ! C'est du cuivre. Ça brille.

Justement la maman de Martine est partie en ville.

– Profitez-en pour rentrer chez vous, dit grand-père.

On se met en route…

– Et merci pour le coucou !

En chemin, on rencontre le fils du fermier :

– Là-dedans, qu'est-ce que c'est ?

– On ne peut pas le dire… C'est une surprise pour
quelqu'un, répond Patapouf.

Martine et Jean arrivent à la maison… Mieux vaut cacher
le coucou dans la remise et fermer la porte à clef.
Le secret sera bien gardé…
Qui pourrait entrer là-dedans ? Personne, bien sûr. Mais
avec le chat Moustache, on doit s'attendre au pire.
Il a tout vu (c'est un petit curieux). La nuit venue, il se
glisse dans la remise par la lucarne.
– Ce coucou ne m'échappera pas, dit Moustache.
Et il se met à l'affût.
– Coucou, es-tu là ?… Réponds-moi !
Le coucou fait la sourde oreille. La nuit est longue. Le
chat, s'il le faut, attendra jusqu'à demain.
… Enfin, le matin arrive.

– Coucou !… Coucou !… Le jour se lève, chante soudain l'oiseau, sortant de son trou. Moustache veut se jeter sur lui.

Décidément, ce coucou-là n'est pas un coucou comme les autres !
Qu'est-ce que c'est ? Un oiseau mécanique ? Une boîte à surprise ?…
Couic, un ressort se referme et le chat se fait pincer la patte.
– Au secours !… Au secours !…
Il s'enfuit à toute allure.
– Eh bien, Moustache ! Que se passe-t-il ? demande maman.
– C'est à cause du coucou dans la remise.

– Un coucou dans la remise ?... Qu'est-ce que
c'est que cette histoire ?
Maman essaie d'ouvrir la porte :
– Tiens, qui a fermé cette porte à clef ?
Martine !... Jean !...
On accourt... Pourvu que maman...
– On a enfermé les outils du jardin et on a
perdu la clef, dit Martine en rougissant.
(Est-ce bien la vérité ? Non. Mais ce n'est pas
tout à fait un mensonge puisqu'il s'agit de
préparer une surprise à maman.)
Bien entendu, maman n'est pas dupe...

Elle a deviné qu'il se trame quelque chose.
Papa essaie de détourner son attention. Une longue semaine passe…
Enfin, voici le jour attendu avec impatience.
C'est le moment d'acheter deux bouquets sur la place du marché (un pour maman… un pour grand-mère).

La famille est réunie pour fêter maman :
– Ce batik, nous l'avons fait exprès pour toi, explique
Martine… tout émue.
– Un batik ? Quelle jolie surprise !
– Tu sais, grand-mère nous a vraiment aidés.
Grand-père aussi… ça n'a pas été facile.
Et voici le coucou de bon-papa.
– Le coucou de bon-papa ?
– Oui, dans ce joli paquet… Tu verras…
– Chère maman, je t'embrasse très fort, dit Jean.
Nous te souhaitons beaucoup de bonheur. Tu es une
chic maman. Nous t'offrons ces fleurs que tu aimes
tant.

– Merci, mes enfants. Cela me plaît beaucoup, beaucoup, puisque vous y avez mis tout votre cœur… Et ce coucou, c'est merveilleux ! Il sonnait l'heure quand j'habitais chez grand-père. Quel plaisir vous me faites !
– Coucou, coucou, c'est midi.
– Il chante encore !… Est-ce possible ?
Tout le monde est content. Les fleurs s'épanouissent. Le coucou chante. À la maison, c'est la fête.

martine

va déménager

GILBERT DELAHAYE - MARCEL MARLIER

– Les enfants,
il va falloir
déménager.
– Déménager !…
Pourquoi ?…
– Parce que
la maison est
à vendre.
– On était bien ici.
C'est la maison
de notre enfance.

– Où irons-nous ? demande Martine avec
appréhension.
– Justement, j'ai lu cette annonce dans le journal :
« À louer appartement confortable
pour ménage avec deux enfants », dit papa.
– Alors on ne pourra plus jouer avec François
dans le jardin, construire une cabane, grimper
dans le cerisier !
– Maman et moi, on a cherché partout.
On n'a rien trouvé dans les environs.
Il faudra bien se décider à s'installer
en ville.
Je serai plus près de mon travail.
– Et puis, ajoute maman, ce sera
plus facile pour aller à l'école.

– Un appartement ! s'inquiète Martine… Que vont devenir Patapouf et Moustache ?… Si le concierge n'accepte pas les animaux, nous devrons nous en séparer !

– Je serai sage, dit Patapouf. Je ne courrai pas dans les escaliers. Je n'aboierai pas la nuit.
– Moi, ajoute Moustache, je me ferai tout petit.

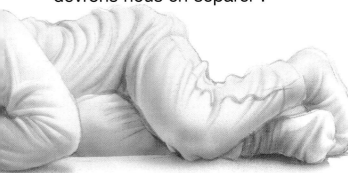

– C'est l'heure de dîner. À table, les enfants, à table !...

Martine songe : déménager, cela veut dire changer de quartier, quitter les voisins, les amis de l'école.

– Eh bien ! Martine, tu ne manges pas ?...

Es-tu malade ?...

– Je vois. C'est ce déménagement qui te tracasse. Rassure-toi. Tout se passera très bien. Nous garderons Patapouf et Moustache. Et puis, tu te feras de nouveaux amis. Demain, nous irons visiter ensemble cet appartement.

On a pris rendez-vous avec le propriétaire de l'appartement. Pendant que papa et maman discutent avec lui, Martine, Jean et Patapouf sont allés jeter un coup d'œil sur le balcon…

– Que c'est haut ! On découvre toute la ville.

– J'ai le vertige, dit Patapouf. Pas vous ?

– Là-bas, derrière la colline, se trouve notre maison. On ne l'aperçoit pas. C'est trop loin… Après tout, c'est chouette ici, la vue est agréable. Je me plairai dans cet appartement.

– Espérons que papa et le propriétaire se mettront d'accord et que nous pourrons emménager bientôt.

Papa a reçu les clefs de l'appartement.

– Chic ! On va pouvoir emménager !

– Pas tout de suite, répond papa. Il faut d'abord
rafraîchir la peinture et tapisser…
François est venu aider ses amis.

– Que faites-vous avec cette règle !
dit Patapouf.

– Ce n'est pas une règle. C'est un mètre
pliant. Nous mesurons la longueur du mur.

– Pourquoi ?

– Pour savoir si les meubles entreront
dans la pièce.

– Je vais téléphoner chez le plombier, dit papa. Il faut réparer tout de suite cette fuite à la salle de bains.

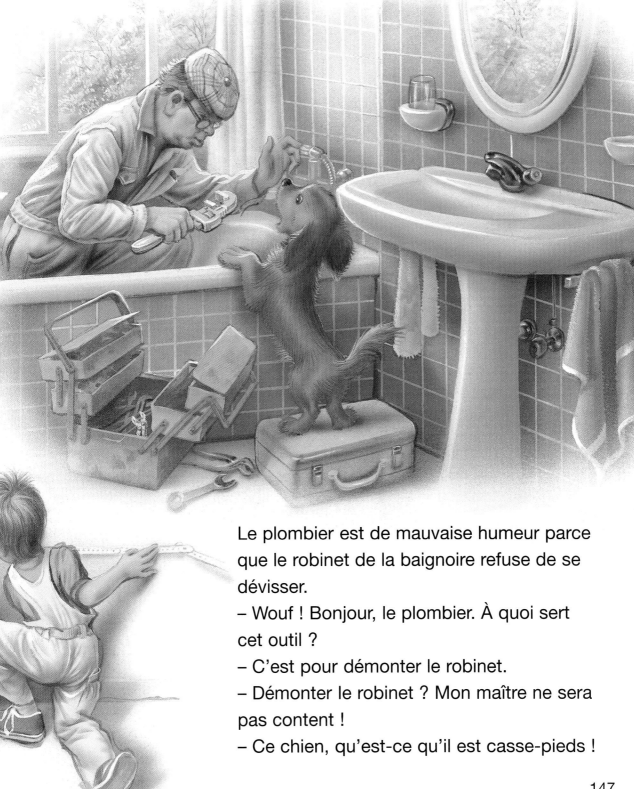

Le plombier est de mauvaise humeur parce que le robinet de la baignoire refuse de se dévisser.

– Wouf ! Bonjour, le plombier. À quoi sert cet outil ?

– C'est pour démonter le robinet.

– Démonter le robinet ? Mon maître ne sera pas content !

– Ce chien, qu'est-ce qu'il est casse-pieds !

Le plombier a laissé la porte ouverte. Patapouf en a profité pour filer dans l'ascenseur.

– Il est gourmand, ce petit chien. Un chien perdu sans doute ?

– Il a peut-être faim ?… Ta crème glacée, attention, Dimitri !…

– Je vais regarder dans mon sac si je ne trouve pas un morceau de sucre.

– L'ascenseur s'arrête.
On entend de la musique.
– D'où cela vient-il ?
Allons voir, se dit Patapouf en dressant l'oreille.
C'est le musicien du cinquième qui joue de la flûte.
– Entre, le chien, tu ne me déranges pas.
– Va te coucher !… Va te coucher ! dit le perroquet sur son perchoir.

On est allé choisir un lustre pour la salle de séjour.

– Celui-là est chouette. On dirait un ballon de foot, dit François, le copain de Martine.

– Ce lustre vénitien conviendrait bien, non ?

– Beaucoup trop cher, dit papa.

L'électricien, un ami de la famille répond :

– Mais non. Une rosace est fêlée. Cela ne se voit presque pas. Je vous ferai une réduction.

On suspend le lustre dans le living avec précaution :

– Passe-moi la rosace, Martine, veux-tu…

On sonne à la porte.

Qui cela peut-il bien être ?

On n'attend personne.

C'est un coureur cycliste :

– Il est à vous, ce chien ?…

Je l'ai trouvé dans le garage en allant

déposer ma bicyclette.

– Il avait disparu sans qu'on s'en aperçoive,

dit Martine. Il est tellement curieux !

Vous savez, ici tout est nouveau pour lui.

L'appartement est prêt. Reste à prévoir le déménagement.

Un vrai casse-tête !

– Par où commencer ? dit maman.

Voulez-vous m'aider ?

– Oui, oui… Qu'est-ce qu'on peut faire ?

– Eh bien, videz le buffet.

– Ensuite, vous emballerez la vaisselle…

Voici de la paille, des journaux, des boîtes en carton.

Vous mettrez tout cela dans les caisses.

– Attention ! C'est fragile !

– Que fait donc là cet oiseau ? se dit Moustache.

Boum !... crac...
Moustache vient de faire
tomber le flacon de parfum
auquel maman tenait
beaucoup.

On ramasse les morceaux.
– Moi, je file, se dit Moustache.
Et hop ! (ni vu, ni connu) il se cache dans un tiroir.

Maman détache
les rideaux.
– Pourront-ils
encore servir dans
l'appartement ?
– Sûrement pas !
Ils seront trop courts.
Je les donnerai à
tante Élisa.

– Voulez-vous ranger toutes
ces photos, les enfants ?
– Où faut-il les mettre ?
– Vous les classerez plus tard.
Maintenant, on n'a pas le temps.

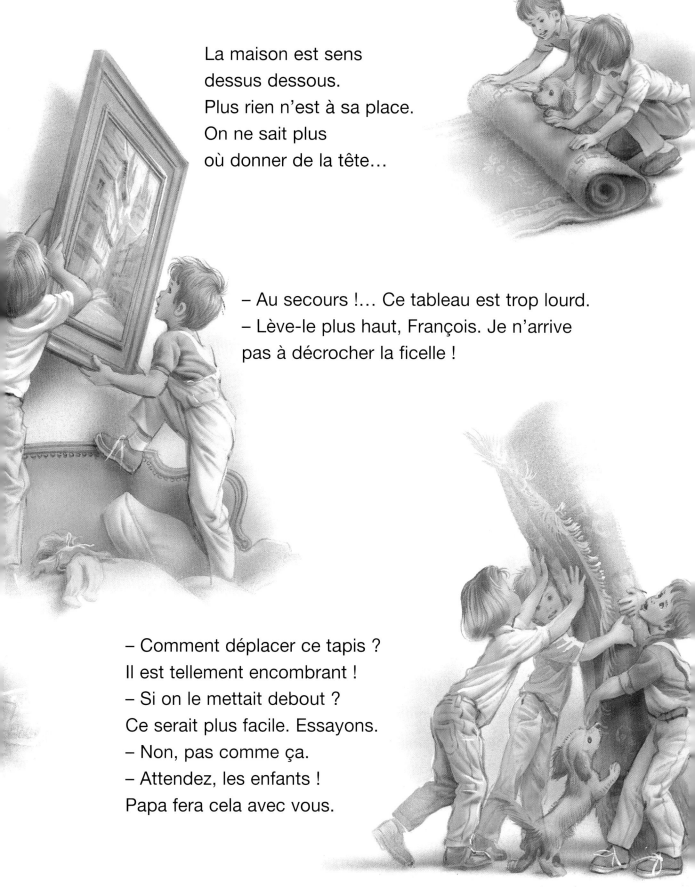

La maison est sens
dessus dessous.
Plus rien n'est à sa place.
On ne sait plus
où donner de la tête...

– Au secours !... Ce tableau est trop lourd.
– Lève-le plus haut, François. Je n'arrive
pas à décrocher la ficelle !

– Comment déplacer ce tapis ?
Il est tellement encombrant !
– Si on le mettait debout ?
Ce serait plus facile. Essayons.
– Non, pas comme ça.
– Attendez, les enfants !
Papa fera cela avec vous.

Le cœur de Martine se met à battre très fort.

Aujourd'hui, elle quitte l'école du quartier pour toujours.

– Au revoir, Martine, où vas-tu habiter maintenant ?

– À Villers-les-Collines.

Il y a une école tout près de notre appartement.

– Nous espérons que tu viendras nous dire
un petit bonjour de temps en temps ?
demandent ses amies.

– Oui, bien sûr, je viendrai.

– Pourquoi tu nous quittes ?
dit Michou, la petite copine de Martine.
Je ne te verrai plus jamais ?

– Mais si, mais si. Je ne t'oublierai pas.
C'est promis.

Le jour du déménagement est arrivé.
Papa et maman sont sur les dents.
Martine, Jean, François courent dans tous les sens.
Les déménageurs chargent le piano.
C'est une manœuvre délicate.
– Attention ! les enfants.
Ne restez pas sous l'élévateur, c'est dangereux.
– On ne pourra jamais tout emporter !
– Si, bien sûr… Vous allez voir.

Tous les meubles sont entrés dans le camion.

Un seul voyage suffira. Qui l'aurait cru ?

On arrive dans la nouvelle résidence de Martine.

Les déménageurs déchargent le mobilier avec l'élévateur.

– Il paraît qu'ils peuvent aller avec ça jusqu'au dernier étage.

Des enfants se rassemblent sur le trottoir.

– C'est toi la nouvelle du quatrième ?… Comment t'appelles-tu ?

– Martine… et toi ?

– Moi, c'est Dimitri. J'habite au cinquième. Mon grand frère est musicien.

– Mon papa à moi est coureur cycliste. Mon chien, c'est Mexico.

– Le mien, Patapouf.

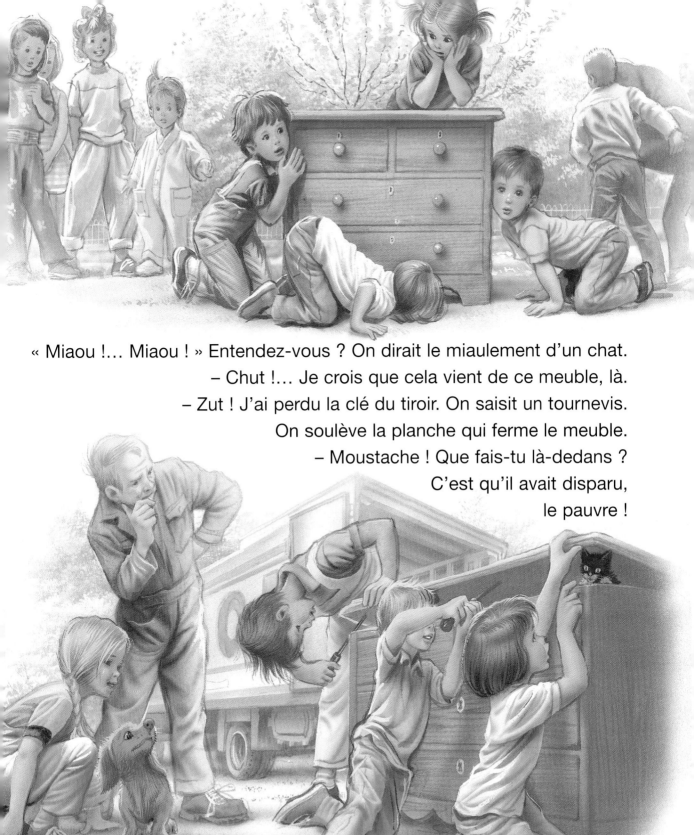

« Miaou !… Miaou ! » Entendez-vous ? On dirait le miaulement d'un chat.

– Chut !… Je crois que cela vient de ce meuble, là.

– Zut ! J'ai perdu la clé du tiroir. On saisit un tournevis.

On soulève la planche qui ferme le meuble.

– Moustache ! Que fais-tu là-dedans ?

C'est qu'il avait disparu,

le pauvre !

– Aujourd'hui, dit maman, je vais te conduire à ta nouvelle
école. Je te présenterai à la directrice.
On entre dans la classe.
Martine est émue. Tous ces visages l'intimident.
Elle ne connaît personne. Elle ne sait pas où prendre place.
Qui sera sa voisine ?…
Cette fille avec des lunettes a l'air sympa.

– Silence ! les enfants, dit la maîtresse.
Je vous présente Martine, la nouvelle élève.
Elle s'installera à côté d'Agnès.

– Maintenant, au travail. Voici la rédaction du jour :
RACONTEZ L'HISTOIRE D'UN DÉMÉNAGEMENT…
Et surtout, on ne copie pas sur son voisin !
Ce que Martine écrit ? « Hier, nous avons déménagé.
Toute la maison était en désordre.
Dans mon quartier, je me plaisais
beaucoup. Ici, ce n'est pas la
même chose. C'est bien
aussi, mais il faut faire de
nouvelles connaissances
et changer ses habitudes.
C'est une vie nouvelle qui
commence. »

D'après les personnages créés par Gilbert Delahaye et Marcel Marlier
© Léaucour Création.
Imprimé en France par Pollina S.A., Luçon - n° L96892F.
Dépôt légal : septembre 2004 ; D. 2004/0053/245.

Déposé au ministère de la Justice, Paris
(Loi n° 49.956 du 16 juillet 1949 sur les publications destinées à la jeunesse).